Ernst Mach

Zur Theorie des Gehörorgans von E. Mach

Antigonos

Ernst Mach

Zur Theorie des Gehörorgans von E. Mach

Unveränderter Nachdruck der Originalausgabe von 1872.

1. Auflage 2024 | ISBN: 978-3-38699-339-5

Antigonos Verlag ist ein Imprint der Outlook Verlagsgesellschaft mbH.

Verlag: Outlook Verlag GmbH, Zeilweg 44, 60439 Frankfurt, Deutschland
Vertretungsberechtigt: E. Roepke, Zeilweg 44, 60439 Frankfurt, Deutschland
Druck: Libri Plureos GmbH, Friedensallee 273, 22763 Hamburg, Deutschland

ZUR THEORIE

DES

GEHÖRORGANS

von

E. MACH.

———

ZWEITER UNVERÄNDERTER ABDRUCK

AUS DEM

48. BANDE DER SITZUNGSBERICHTE DER K. AKADEMIE DER WISSENSCHAFTEN IN WIEN

(MATHEM. NATURW. CLASSE)

VORGELEGT IN DER SITZUNG AM 14. JULI 1863.

———

PRAG, 1872.

J. G. CALVE'sche k. u. k. Univ.-Buchhandl.

(OTTOMAR BEYER.)

Vorwort.

In den Bänden 48, 50, 51 der Sitzungsberichte der Wiener Akademie habe ich einige Abhandlungen über physiologische Akustik publicirt. Dieselben haben in otiatrischen Kreisen theils Anerkennung, theils Widerspruch gefunden. Wenn ich aber bedenke, dass ich zur Zeit der Publication dieser Arbeiten ganz Anfänger und Autodidact war und nicht die geringsten Geld- und Experimentirmittel zur Verfügung hatte; so kann ich in der That damit, dass von diesen Arbeiten doch mehrere glückliche Anregungen zu neuen Untersuchungen ausgegangen sind, sehr zufrieden sein.

Sonderbarer Weise scheint aber gerade diejenige dieser Schriften, welche wie ich glaube den bemerkenswerthesten Fortschritt enthält, wenig bekannt geworden zu sein. Wie wäre es sonst möglich, dass dieselbe in der um mehrere Jahre jüngeren Helmholtz'schen Arbeit über „die Mechanik der Gehörknöchelchen," welcher sie doch so nahe steht, dass sie in mehreren der wichtigsten Punkte mit dieser zusammentrifft, gar nicht erwähnt wird.

Diese Schrift wünsche ich durch den nochmaligen unveränderten Abdruck weiter bekannt zu machen. Es ist wohl kaum nöthig zu bemerken, dass mir auf meinem gegenwärtigen Standpunkt weder die Form noch die Durchführung im Detail mehr zusagt.

Prag, October 1871.

E. Mach.

Probleme der Technik und Probleme der Physiologie sind oft sehr verwandt. Die Technik stellt uns die Aufgabe, gewisse Zwecke zu erreichen, und lässt innerhalb bestimmter Grenzen die Wahl der Mittel frei. In der Physiologie hingegen finden wir gewisse Zwecke erreicht und haben nach den Mitteln zu forschen, welche wirklich zur Anwendung gekommen sind [1].

Es darf dieser Bemerkung zufolge nicht befremden, wenn vorliegende Betrachtungen über das Gehörorgan unmittelbar an eine technische Untersuchung, die Theorie des Kymographions, anknüpfen. Das Kymographion hat die Aufgabe, die Blutdruckwellen möglichst genau aufzuzeichnen. Wie hat man demnach das Kymographion einzurichten? — Das Ohr ist auch ein Kymographion. Es zeichnet die Schallwellen in die Labyrinthflüssigkeit, wo dieselben vom Gehörnerv aufgenommen werden. Das Ohr functionirt aber in einer eigenthümlichen Weise; es leistet z. B. den genannten Dienst, wenigstens scheinbar, für Schallwellen von sehr verschiedener Länge mit nahezu gleicher Genauigkeit. Durch welche Einrichtungen ist nun diese Functionsweise des Ohres bedingt?

Die Physiologen sind bezüglich dieser Einrichtungen heutzutage noch nicht einmal über die ersten Grundfragen einig. Selbst darüber besteht noch Streit, ob der Schall vom Trommelfell zum ovalen Fenster durch die Gehörknöchelchen geleitet [2] oder lediglich durch die Gelenksbewegung der Knöchelchen, wobei letztere als Ganzes schwingen, übertragen wird [3]. In manchen der neuesten Werke über Ohrenheilkunde findet

---

[1] Die schiefe Auffassung dieser Ähnlichkeit führt eben zur teleologischen Richtung der Physiologie.

[2] J. Müller, Handbuch der Physiologie II. S. 498. — Vgl. auch Ludwig, Lehrbuch der Physiologie. I. S 868.

[3] Savart, Ann. d. Chim. et Phys. T. 26, p. 24. — Seebeck, Dovės Repert. VIII, S. 103. — Helmholtz, Tonempfindungen. Braunschweig 1863. S. 202 und bei Ludwig, Lehrb. d Phys. S. 868.

man erstere Ansicht noch vertreten [4]). Die Frage ist aber, wie mir scheint, sehr einfach zu entscheiden. Die Gehörknöchelchen bilden eine Kette mit einander durch Gelenke verbundener Massen. Die Moleküle jeder einzelnen dieser Massen können gegen einander verschoben werden und auch die ganzen Massen gegen einander vermöge der Gelenke. Bei der ersteren Verschiebung kommen nun entschieden weit grössere Elasticitätscoëfficienten in's Spiel als bei der letzteren. Wenn demnach an einem Ende der Kette ein Druck wirkt, so wird dies mehr eine Verschiebung der ganzen Massen gegen einander, als der einzelnen Moleküle einer Masse zur Folge haben (weil erstere Verschiebung leichter und schneller erfolgt). Ein leicht beweglicher Stab, der am Ende gestossen wird, bewegt sich als Ganzes. Ist er schwer beweglich, so pflanzt sich im Gegentheile die Erschütterung durch seine Moleküle fort. Das eine tritt nothwendig in dem Masse hervor, als das andere zurücktritt. Weist nun, für den Fall der Gehörknöchelchen, zum Überflusse das Experiment nach [5]), dass sie bei der Tonaufnahme wirklich in beträchtlichen Amplitüden als Ganzes schwingen, so kann man versichert sein, dass hierbei die Verschiebung ihrer Moleküle, die Schallleitung, höchst unbedeutend, für die physiologische Betrachtung verschwindend sei. Allerdings könnte bei sehr hohen Tönen, deren rascher Bewegung die Knöchelchen nicht mehr zu folgen vermögen, die Schallleitung überwiegen, die Gelenksbewegung zurücktreten. Doch geschieht dies wahrscheinlich erst bei Tönen, welche ihrer Höhe wegen überhaupt nicht mehr vernehmbar sind. Ich beschränke mich demnach vorläufig auf die Betrachtung der Gelenksbewegung und hoffe demnächst, sobald mir das experimentelle Material (die Elasticitätscoëfficienten der Knöchelchen und Gelenke) zu Gebote steht, meine Darstellung durch eine vollständige Theorie zu rechtfertigen. Vorläufig verweise ich auf eine kurze mathematische Note [6]).

---

[4]) Toynbee, Krankheiten des Gehörorgans. Übers. v. Dr. Moos Heidelberg. 1863.

[5]) Siehe Politzer's Versuche bei Helmholtz, Tonempf. S. 248.

[6]) Setzt man zwei Moleküle von der Masse $= 1$ voraus, von welchen das erste mit der Lage x mit dem Modul q gegen das zweite von der Lage ξ verschoben werden kann, welches letztere ausserdem nach einer Gleichgewichtslage mit dem Modul p

Das Hören wird also durch das Mitschwingen einzelner Theile des Gehörorgans vermittelt. Ist dies einmal festgestellt, so befremdet den Physiker zunächst die Fähigkeit des Ohres, Töne von sehr verschiedener Höhe gleich gut zu hören. In der That begegnen wir einigen Versuchen, diese Eigenthümlichkeit zu erklären. Savart[1]) nimmt an, der Eigenton des Trommelfelles liege sehr hoch gegen alle überhaupt vernehmbaren Töne, welche Annahme wirklich für die tieferen Töne eine ziemlich gleichmässige Intensität des Hörens ergibt. Ein anderer in vieler Beziehung glücklicherer Erklärungsversuch rührt von Seebeck her. Seebeck[2]) bemerkt in seiner schönen Abhandlung über Akustik, dass die Gehörknöchelchen in Verbindung mit dem Trommelfelle und dem Labyrinthwasser unter einigermassen bedeutenden Widerständen schwingen. In diesem Falle werden aber Töne von verschiedener Höhe gleichmässiger aufgenommen, als bei geringen Widerständen.

Betrachten wir das Trommelfell mit den Gehörknöchelchen und der Labyrinthflüssigkeit als eine schwingungsfähige Masse und lassen wir auf dieselbe einen Schallwellenzug $a \sin (qt + \tau)$ einwirken. Der auf das Trommelfell wirkende variirende Druck hängt dann von der Geschwindigkeit der Lufttheilchen $aq \cos (qt + \tau)$ ab. Wir erhalten demnach für die Bewegung die unmittelbar einleuchtende Gleichung:

$$\frac{dx^2}{dt^2} = - p^2 x - 2 (b + \beta) \frac{dx}{dt} + 2abq \cos (qt + \tau) \tag{1}$$

---

strebt, so haben wir folgende zwei Gleichungen, die sich mit Berücksichtigung einer Störung $\sin rt$ ergeben:

$$\frac{d^2 x}{dt^2} = - qx + q\xi + \sin rt$$

$$\frac{d^2 \xi}{dt^2} = - (p + q) \xi + qx$$

aus welchen sich mit Vernachlässigung des Anfangszustandes sofort folgern lässt

$$x = \frac{p + q - r^2}{p + 2q - r^2} \sin rt, \quad \xi = \frac{q}{p + 2q - r^2} \sin rt, \quad x - \xi = \frac{p - r^2}{p + 2q - r^2} \sin rt;$$

Man sieht sogleich, dass die gegenseitige Verschiebung der Moleküle gegeneinander, nämlich $x - \xi$ verschwindend wird gegen die gemeinschaftlichen Verschiebungen x, ξ, wenn q gross ist gegen p und r. Werden aber auch p und r beträchtlich, so tritt dies nicht mehr ein.

[1]) Savart, Ann. d Chim. T. 26. p. 24. — Vergl auch meine Theorie d. Pulswellenzeichner. Sitzb. d. Wien. Akad. 1862.
[2]) Seebeck, Dove's Repert. VIII. S. 103.

worin p^2, $2b$, 2β Grössen bedeuten, welche sich in bekannter Weise, respective auf den Elasticitätsmodul und die Masse des Systems, auf den Widerstand, der aus der relativen Bewegung von Luft und Trommelfell hervorgeht, und auf anderweitige Widerstände beziehen. Die Integration gibt sofort:

$$x = e^{-(b+\beta)t}\left\{Ae^{rt} + Be^{-rt}\right\} + \frac{2abq}{\sqrt{(p^2-q^2)^2 + 4(b+\beta)^2 q^2}} \cdot \sin(ql+\vartheta)$$

wobei

$$r = \sqrt{(b+\beta)^2 - p^2}; \quad \operatorname{tang}(r-\vartheta) = \frac{p^2-q^2}{2(b+\beta)q}$$

und A, B vom Anfangszustande abhängen.

Für $p=q$ hat der Coëfficient von $\sin(qt+\vartheta)$ ein Maximum $= \frac{ab}{b+\beta}$ und für sehr grosse Werthe von $b+\beta$ bleibt derselbe zu beiden Seiten des Maximums nahezu constant, wenn auch q bedeutend variirt. Ferner ergibt sich aus 2. auch, dass der Anfangszustand vermöge des Factors $e^{-(b+\beta)t}$ desto rascher verschwindet, je grösser $b+\beta$. Durch die Vermehrung der Widerstände würde das Ohr demnach befähigt, sowohl verschiedene Töne gleichmässig, als auch rasch nach einander aufzunehmen.

Seebeck's Betrachtung lässt sich vervollständigen, wenn man berücksichtigt, dass das Trommelfell weit grössere Excursionen ausführt als der Steigbügel, dass also die Gehörknöchelchen eine Art Hebelvorrichtung oder Storchschnabel darstellen. Denken wir uns das ganze System wieder als eine Masse, welche durch das $h$mal grössere Schwingungen ausführende Trommelfell bewegt wird, so haben wir die Gleichungen:

$$\frac{dx^2}{dt^2} = -p^2x - 2(bh^2+\beta)\frac{dx}{dt} + 2abhq \cos(qt+r)$$

und

$$x = e^{-(bh^2+\beta)t}\left\{Ae^{nt} + Be^{-nt}\right\} + \frac{2abhq}{\sqrt{(p^2-q^2)^2 + 4(bh^2+\beta)^2 q^2}} \sin(ql+\vartheta)$$

wobei

$$n = \sqrt{(bh^2+\beta)^2 - p^2}; \quad \operatorname{tang}(r-\vartheta) = \frac{p^2-q^2}{2(bh^2+\beta)q}$$

Man sieht hieraus wieder, dass die erwähnte Einrichtung der Gehörknöchelchen wesentlich dazu beiträgt, das Verschwinden des Anfangszustandes zu beschleunigen und die Gleichmässigkeit der Tonaufnahme zu erhöhen. Der Maximumwerth der Schwingungsamplitüde der Knöchelchen wird nach (4) $a \cdot \dfrac{bh}{bh^2 + \beta}$, wenn a die Amplitüde der Störung ist. Für sehr grosse h fällt aber dieser Werth sehr klein aus. Hiermit ist die Anwendbarkeit allzu grosser Werthe von h ausgeschlossen.

Fassen wir noch einen Umstand in's Auge. Das Trommelfell bietet der Luft eine bedeutende Fläche dar, während das ovale Fenster, auf welches die Bewegung übertragen wird, sehr klein ist. Ziehen wir diesen Umstand in Rechnung. F sei die Fläche des Trommelfelles, f jene des ovalen Fensters, m die Masse des Knöchelchen und des Trommelfelles, $f\mu$ eine der Fläche f proportionale Masse der Labyrinthflüssigkeit, welche in Bewegung gesetzt wird. Die früheren Grössen behalten ihre Bedeutung bei und es ergibt sich:

$$\frac{d^2x}{dt^2} = - \frac{p^2 + f}{m + f\mu} \cdot x - 2\frac{Fb + f\beta}{m + f\mu} \cdot \frac{dx}{dt} + 2abFq\,\cos\,(ql+\tau) \qquad (5)$$

$$x = e^{-\frac{Fb+f\beta}{m+f\mu}t}\left\{Ae^{nt} + Be^{-nt}\right\} + \frac{2abFq}{\sqrt{\left(\frac{p^2+f}{m+f\mu}\ q^2\right)^2 + 4\left(\frac{Eb+f\beta}{m+f\mu}\right)^2 q^2}}\,\sin\,(ql+\vartheta); \qquad (6)$$

wobei n und $tg\,(\tau - \vartheta)$ sich in ganz analoger Weise finden wie in den früheren Fällen. Sind nun m, μ klein und F gegen f sehr gross, so hat $\dfrac{Fb+f\beta}{m+f\mu}$ einen bedeutenden Werth. Dies bedingt wieder Gleichmässigkeit der Tonaufnahme und Zurücktreten des Anfangszustandes.

Die drei betrachteten Umstände wirken also in ähnlicher Weise. Und in demselben Masse, in welchem die Gleichmässigkeit der Tonaufnahme hervortritt, verschwindet auch der Beharrungszustand. Mit anderen Worten könnte man sagen, je mehr die Luft durch das Trommelfell die Bewegungen der Knöchelchen regiert, je leichter letztere die Luftbewegung aufnehmen, desto leichter vermögen sie dieselbe durch das Trommelfell auch wieder an die Luft abzugeben. Natürlich, denn sowohl bei der Aufnahme, wie bei der Abgabe kommen dieselben Kräfte nur in umgekehrter Richtung in's Spiel. Es ist dies ein Analogon des Kirchhoff'schen Satzes der Gleichheit von Absorptions- und Emissionsvermögen für jede Strahlengattung, welcher Satz in letzter Instanz wieder nur eine Anwendung des Newton'schen Principes der Gleichheit von Wirkung und Gegenwirkung ist, wie ich demnächst zu beleuchten gedenke.

Herr Prof. L u d w i g hat mir im Gespräche mitgetheilt, dass er die Gehörknöchelchen vorzüglich für Beruhigungsapparate der Labyrinthflüssigkeit halte. Man hört nämlich auch mit geschlossenem Gehörgange recht gut, nur kann man eine rasche Folge von Tönen nicht deutlich wahrnehmen. Ich habe um so weniger Grund, gegen diese Ansicht eine Einwendung zu erheben, als sich dieselbe so eben ganz ungesucht auf einem anderen Wege ergeben hat. Hervorzuheben bleibt nur, dass die Gehörknöchelchen gerade durch jene Fähigkeit, welche sie zu Störungsapparaten macht, auch Beruhigungsapparate werden.

Wenn der Schall aus der Luft vermöge des Gehörorgans leicht in's Labyrinth dringt, so muss er umgekehrt aus dem Labyrinthe durch den Gehörgang leicht in's Freie entweichen können. Erfahren die Kopfknochen und mittelbar auch das Labyrinth eine permanente periodische Erschütterung, so wird sich, wenn man D u h a m e l's *) Betrachtungsweise der Saite für diesen Fall ausdehnt, alsbald an jedem Punkte unseres Kopfknochensystems eine constante Schwingungsweise etabliren. Die an jedem Punkte vorräthige lebendige Kraft des Schalles wird dann durch die constante Differenz von Zufluss und Abfluss gemessen und müsste sich sofort ändern, sobald der Zufluss oder Abfluss gestört würde. Man kann sich nun in der That, wenn man einen constanten Ton leise vor sich hinsingt, durch einige einfache Experimente überzeugen, dass vom Labyrinthe durch den Gehörgang ein bedeutender Schallstrom in's Freie dringt. Hält man sich einen Gehörgang leicht mit dem Finger zu, so vernimmt man sogleich den gesungenen Ton viel stärker, und noch stärker, wenn man auch den andern Gehörgang schliesst. Indem ich die von R i n n e [10]) gega-

---

*) D u h a m e l, Compt. rend XV. p. 1.
[10]) R i n n e, Prager Vierteljahrsschrift 1855. 1 Bd. S. 118.

bene Erklärung, nach welcher diese Erscheinung auf Resonanz beruhen soll, nicht acceptiren kann, scheint es mir sehr natürlich, die Verstärkung des Tones von der Hemmung des Schallabflusses herzuleiten. Auf Resonanz des Gehörganges kann man die Erscheinung schon deshalb nicht gut zurückführen, weil alle Töne, von noch so sehr verschiedener Höhe, gleichmässig verstärkt werden. Der Gehörgang hat überdies, wie Helmholtz[11]) gezeigt hat, einen ziemlich hohen Eigenton. Drückt man die Gehörgänge fest zu, statt sie leicht zu schliessen, so vernimmt man keine Verstärkung, sondern vielmehr eine Schwächung des gesungenen Tones. Wahrscheinlich wird durch das feste Anpressen der Finger der Schallabfluss eben durch die Finger befördert. — Ich stelle mich in einem Zimmer auf, ein Beobachter in einem andern. Durch die geschlossene Thüre geht eine Kautschukröhre. Das eine Ende halte ich in der Hand, das andere steckt im Gehörgange des Beobachters. Wenn ich nun einen vollkommen constanten Ton so leise singe, dass mich der Beobachter nur durch die Kautschukröhre hört, so vermag er doch sogleich anzugeben, ob ich das Ende der Röhre meiner Stirne oder meinem Gehörgange nähere. Im letzteren Falle vernimmt er den Ton stärker. — Noch ein Experiment. Wenn ich meine beiden Gehörgänge, während ich singe, nicht mit den Fingern, sondern mit einer 1 Fuss langen Kautschukröhre schliesse, welche von einem Gehörgange in den andern läuft, so vernehme ich keine Verstärkung, sondern im Gegentheile eine Schwächung des Tones. Die Verstärkung tritt aber allsogleich ein, wenn ich die Röhre an irgend einem Punkte mit den Fingern zudrücke. Die Erklärung ist einfach. Beide Trommelfelle liegen symmetrisch zu den Stimmbändern und schwingen daher in gleichen, entgegengesetzten Phasen. Die von beiden Gehörgängen ausgehenden Schallströme heben sich durch Interferenz auf. Merkwürdiger Weise vernimmt man einen constanten Ton singend mit geschlossenen Gehörgängen - Schwebungen. Dasselbe Phänomen zeigt sich, wenn man eine tönende Stimmgabel mit den Zähnen fasst, sobald man die Gehörgänge schliesst. Auf diese Schwe-

---

11) Helmholtz, Tonempfindungen etc.

bungen, von deren Studium ich mir Einiges verspreche, komme ich in einer spätern Abhandlung zurück.

Wir haben nun den Einfluss einer Reihe von Einrichtungen des Ohres gesondert betrachtet, obwohl wir sie hätten zusammenfassen können. Doch tritt bei der Trennung der Werth der einzelnen Umstände klarer hervor. Fassen wir nun alles zusammen, so finden wir, dass sich die Labyrinthflüssigkeit desto gehorsamer gegen die Luft verhält, je grösser die Widerstände, je grösser die Fläche des Trommelfelles, je kleiner die Fläche des ovalen Fensters, je kleiner die Masse des ganzen Apparates, je grösser die Hebelwirkung. Wir besitzen hiermit eine Reihe von Mitteln, um ein Ohr herzustellen von jenen Eigenschaften, wie sie das menschliche eben zeigt.

Nun pflegt es allerdings zu geschehen, dass wir bei Construction physikalischer Instrumente eben von jenen Kenntnissen Gebrauch machen, die wir uns erworben haben. Aber die Natur hat nicht an der école polytechnique studirt. Die Natur hat auch noch andere Rücksichten zu befolgen als gerade herrschende Theorien um Erlaubniss zu fragen. Es steht also in Zweifel, ob sie von den Vorschlägen S a v a r t's, S e e b e c k's und meiner Wenigkeit Gebrauch machen wird. Die Natur darf vielleicht die genannten Mittel nicht unbegrenzt verwenden; sie muss höchst wahrscheinlich aus anderen (anatomischen) Gründen gewisse Grenzen in den Dimensionen des Trommelfelles, des Labyrinthes, der Knöchelchen u. s. w. einhalten. Die Natur muss vielleicht durch die Mannigfaltigkeit der Mittel ersetzen, was an der unbegrenzten Anwendbarkeit eines einzigen oder einiger weniger abgeht. Es wird sich wahrscheinlich auch bei der physikalischen Untersuchung vergleichend anatomischer Präparate herausstellen, dass in verschiedenen Fällen verschiedene Mittel vorzugsweise zur Anwendung kommen.

In der That gibt es auch wirklich noch mehrere Mittel, den erwähnten Zweck zu erreichen. Wir wollen noch eines davon betrachten. Es liegt in der Gliederung der Masse der Gehörknöchelchen und in einer Reihe verschiedener Elasticitätscoëfficienten, welche hierbei gleichzeitig an verschiedenen Gelenken auftreten können. Schematisiren wir uns wieder diesen Apparat. Betrachten wir denselben der Einfachheit wegen zunächst als aus zwei Massen bestehend, m (Trommelfell + Hammer) und μ (Amboss + Steigbügel + Labyrinthflüssigkeit). Jede dieser Massen strebt nach einer gewissen Gleichgewichtslage und beide sind in elastischer Verbindung, indem der Amboss gegen den Hammer mit Dehnung der Gelenksbänder bewegt werden kann. Die Massen mögen in derselben Geraden schwingen, x sei die Abscisse des m, ξ jene des μ und t die Zeit. Wir finden dann folgende zwei leicht verständliche Gleichungen, zu welchen man entweder durch d'Alembert's Princip oder auch unmittelbar gelangen kann:

$$\frac{d^2x}{dt^2} = -px + q(\xi - x) - b\frac{dx}{dt} + c\left(\varphi(t) - \frac{dx}{dt}\right) \tag{7}$$

$$\frac{d^2\xi}{dt^2} = -\pi\xi - \varrho(\xi - x) - \beta\frac{d\xi}{dt} \tag{8}$$

oder auch

$$\frac{d^2x}{dt^2} = -(p+q)\,x - (b+c)\frac{dx}{dt} + q\xi + c\varphi(t) \tag{9}$$

$$\frac{d^2\xi}{dt^2} = -(\pi+\varrho)\xi - \beta\frac{d\xi}{dt} \tag{10}$$

In diesen Gleichungen ist p der Quotient aus dem Elasticitätsmodul, welcher bei Verschiebung der Masse m in's Spiel kommt und aus dieser Masse m; π hat dieselbe Bedeutung für μ. Die Grössen q. ϱ entsprechen dem Elasticitätscoëfficienten der Verbindung von m, μ, beziehungsweise durch m, μ dividirt. Auf den Widerstand des Trommelfelles in der Luft bezieht sich c und b, β auf anderweitige, die Massen m, μ treffende Widerstände. Die variable Geschwindigkeit der Lufttheilchen ist durch $\varphi(t)$ bezeichnet. Ersetzen wir die Coëfficienten der Reihe nach durch andere Buchstaben, so haben wir:

$$\frac{d^2x}{dt^2} = -a_1 x - b_1\frac{dx}{dt} + c_1\xi + d_1\varphi(t) \tag{11}$$

$$\frac{d^2\xi}{dt^2} = -\alpha_1\xi - \beta_1\frac{d\xi}{dt} + \gamma_1 x \tag{12}$$

Differentiirt man 11, 12 zweimal nach einander, so erhält man eine genügende Anzahl von Gleichungen, um sich durch Elimination zwei Gleichungen in x und ξ allein zu verschaffen. Diese Gleichungen sind:

$$(13) \qquad \frac{d^4x}{dt^4} + H\frac{d^3x}{dt^3} + J\frac{d^2x}{dt^2} + K\frac{dx}{dt} + Lx = \Psi(t)$$

$$(14) \qquad \frac{d^4\xi}{dt^4} + H\frac{d^3\xi}{dt^3} + J\frac{d^2\xi}{dt^2} + K\frac{d\xi}{dt} + L\xi = M\varphi(t)$$

Hierbei geht $\psi(t)$ aus $\varphi(t)$ hervor und die Constanten haben folgende Bedeutung:

$$H = b_1 + \beta_1 ; \quad J = a_1 + \alpha_1 + b_1\beta_1 ; \quad K = \alpha_1 b_1 + a_1\beta_1 :$$
$$L = \alpha_1 a_1 - c_1\gamma_1 ; \quad M = \gamma_1 d_1 .$$

Wir brauchen nur eine dieser beiden Gleichungen zu integriren, etwa jene in ξ, da sich x sofort aus ξ ableiten lässt. Betrachten wir zu diesem Zwecke zunächst die Gleichung:

$$(15) \qquad \frac{d^4\xi}{dt^4} + H\frac{d^3\xi}{dt^3} + J\frac{d^2\xi}{dt^2} + K\frac{d\xi}{dt} + L\xi = 0.$$

Ihre Integration reducirt sich auf die Auflösung der algebraischen Gleichung

$$(16) \qquad \sigma^4 + H\sigma^3 + J\sigma^2 + K\sigma + L = 0.$$

Was die vier Wurzeln σ betrifft, so können diese nur von der Form sein $\sigma = -\mu \pm \nu\sqrt{-1}$, indem sämmtliche Coëfficienten der Gleichung 16 wesentlich positiv sind. In speciellen Fällen kann ν oder μ auch $= 0$ werden, letzteres aber nur, wenn $H = K = 0$ ist. Von letzterem Falle können wir ganz absehen, weil er nie eintreten kann, wenn wir für die Widerstände b_1, β_1 reelle positive, von 0 verschiedene Werthe wählen. Sind die Wurzeln $\sigma_1 \sigma_2 \sigma_3 \sigma_4$ der Reihe nach ermittelt, so hat das Integrale der Gleichung 15 die Gestalt:

$$(17) \qquad \xi = \mathfrak{A}e^{\sigma_1 t} + \mathfrak{B}e^{\sigma_2 t} + \mathfrak{D}e^{\sigma_3 t} + \mathfrak{E}e^{\sigma_4 t}$$

$\mathfrak{A}$, $\mathfrak{B}$, $\mathfrak{E}$, $\mathfrak{D}$ sind willkürliche, den Anfangszustand charakterisirende Constanten.

Das allgemeine Integrale der Gleichung 14 lässt sich nun leicht nach der Methode der Variation der Constanten aus 17 herleiten. Man erhält für dieses Integrale die Form:

$$(18) \quad \begin{aligned} \xi = {}& \mathfrak{A}e^{\sigma_1 t} + \mathfrak{B}e^{\sigma_2 t} + \mathfrak{E}e^{\sigma_3 t} + \mathfrak{D}e^{\sigma_4 t} \\ &+ S_1 e^{\sigma_1 t}\int\varphi(t)e^{-\sigma_1 t}dt + S_2 e^{\sigma_2 t}\int\varphi(t)e^{-\sigma_2 t}dt \\ &+ S_3 e^{\sigma_3 t}\int\varphi(t)e^{-\sigma_3 t}dt + S_4 e^{\sigma_4 t}\int\varphi(t)e^{-\sigma_4 t}dt \end{aligned}$$

$S_1 S_2 S_3 S_4$ sind Constante, welche die Wurzeln $\sigma_1 \sigma_2 \sigma_3 \ldots$ enthalten. Um also weiter das Integrale zu ermitteln, müssten wir die Wurzeln $\sigma_1 \sigma_2 \ldots$ bestimmen. Wenngleich dies bei einer Gleichung vierten Grades, wie sie hier vorliegt, noch allgemein angeht, so hat die Kenntniss der complicirten Ausdrücke doch kein Interesse, so lange das Experiment nicht zu den speciellen Werthen der Coëfficienten führt. Wir können diese Bestimmung um so eher unterlassen, als die genauere Gestalt des Integrales sich sehr einfach auf einem andern Wege ergibt.

Das Integrale 18 besteht aus einem unbestimmten, mit willkürlichen Constanten versehenen Theil, welcher den Anfangszustand repräsentirt, und aus einem zweiten bestimmten Theile. Der erste Theil enthält nur Exponentielle mit negativen Exponenten (oder complexen Exponenten, deren reeller Theil negativ ist); der ganze Ausdruck verschwindet also jedenfalls für grosse Werthe von t, mögen die Constanten wie immer beschaffen sein [12]). Das Integrale reducirt sich dann auf den zweiten bestimmten Theil. Der entsprechende Schwingungszustand ist stationär geworden, wenn $\varphi(t)$ periodisch ist. Diesen stationären Zustand wollen wir betrachten.

Wir setzen in 14 $\varphi(t) = a \cdot \mathrm{Sin}\,(rt + \tau)$ und nehmen an, dass für diesen Fall $\xi = \alpha' \cdot \sin(rt + \vartheta)$. Indem wir diesen Werth von ξ wirklich in 14 einführen, können wir α', ϑ immer nachträglich so bestimmen, dass ξ wirklich genügt. Ganz analog verfahren wir für $\varphi(t) = \Sigma\alpha \cdot \sin(rt + \tau)$. — Ist ξ bestimmt, so findet sich x sehr leicht aus der Gleichung 12.

Fassen wir die nach Ausführung der angedeuteten Rechnungen erlangten Resultate kurz zusammen, so finden wir:
Wenn

$$\left.\begin{aligned}
\varphi(t) &= \Sigma a \cdot \sin(rt + \tau)\\
x &= \varkappa_1 \mathfrak{A}e^{\sigma_1 t} + \varkappa_2 \mathfrak{B}e^{\sigma_2 t} + \varkappa_3 \mathfrak{C}e^{\sigma_3 t} + \varkappa_4 \mathfrak{D}e^{\sigma_4 t}\\
&\quad + \Sigma A \cdot \sin(rt + \vartheta)\\
\xi &= \mathfrak{A}e^{\sigma_1 t} + \mathfrak{B}e^{\sigma_2 t} + \mathfrak{C}e^{\sigma_3 t} + \mathfrak{D}e^{\sigma_4 t}\\
&\quad + \Sigma A' \cdot \sin(rt + \vartheta')
\end{aligned}\right\} \tag{19}$$

---

[12]) Ein Zweifel könnte nur dann bestehen, wenn mehrere Wurzeln z. B. alle vier gleich wären. Dann hätte man für den arbiträren Theil

$$(\mathfrak{A} + \mathfrak{B}t + \mathfrak{C}t^2 + \mathfrak{D}t^3)e^{-\sigma t}$$

weil in diesem Falle die Form des Integrales eine Modification erleidet. Dieser

Hierbei haben die neu eingetretenen Constanten folgende Bedeutung:

$$x = \frac{\alpha_1 + \beta_1 \sigma + \sigma^3}{\gamma_1}$$

und der Index des x in x bezieht sich auf σ.

$$A = \frac{aM\sqrt{(\alpha_1 - r^2)^2 + \beta_1^2 r^2}}{\gamma_1 \sqrt{(L - Jr^2 + r^4)^2 + (Kr - Hr^3)^2}};$$

$$A' = \frac{aM}{\sqrt{(L - Jr^2 + r^4)^2 + (Kr + Hr^3)^2}};$$

$$\mathrm{tang}\,(\tau - \vartheta') = \frac{Kr - Hr^3}{L - Jr^2 + r^4}; \quad \mathrm{tang}\,(\vartheta' - \vartheta) = \frac{\beta_1 r}{\alpha_1 - r^2}$$

Was den Ausdruck $\sqrt{(L - Jr^2 + r^4)^2 + (Kr - Hr^3)^2}$ betrifft, welcher im Nenner von A, A' auftritt, so kann derselbe für keinen reellen positiven Werth von r, der hier allein zulässig ist und einen Sinn hat, $= 0$ werden. Träte dies ein, so würden die Formeln 19 illusorisch und wir müssten annehmen, dass in diesem Falle das Integrale unter einer andern Gestalt erscheint. Zwar hat es den Anschein, als ob dies in einem Falle möglich wäre, wenn nämlich die beiden Gleichungen $L - Jr^2 + r^4 = 0$, $K - Hr^2 = 0$, eine gemeinschaftliche reelle positive Wurzel haben. Löst man aber die zweite Gleichung auf, was für $r^2 = \frac{K}{H} = \frac{\alpha_1 b_1 + a_1 \beta_1}{b_1 + \beta_1}$ allerdings einen positiven reellen Werth gibt, und führt man diesen Werth in die erste Gleichung ein, nebst den durch a_1, α_1, b_1, β_1 ... ausgedrückten Werthen von L, J, so zeigt sich sogleich, dass der Ausdruck $L - Jr^2 + r^4$ nicht $= 0$ werden kann, wenn man für $a_1 a_1 b_1 \beta_1$ ... nur positive reelle, von Null verschiedene Werthe wählt, welche hier allein zulässig sind.

Aus 19 ergeben sich nun einige Folgerungen. Zunächst sehen wir, dass m und μ im Allgemeinen an der Bewegung verschiedenen Antheil nehmen. Da sowohl x als ξ Functionen

---

Ausdruck nimmt aber für $t = \infty$ die unbestimmte Form $\infty \,.\, 0$ an. Man bringt ihn auf die Form $\dfrac{\mathfrak{A} + \mathfrak{B}t + \mathfrak{C}t^2 + \mathfrak{D}t^3}{e^{et}}$. Nimmt man nun vom Zähler und Nenner den dritten Differentialquotienten, so gibt dies $\dfrac{\mathfrak{D}}{e^3 e^{et}}$. Die Grenze dieses Ausdruckes für $t = \infty$ ist $= 0$.

von r sind, und zwar verschiedene Functionen, so wird es von der Störungsperiode r abhängen, ob m oder μ mehr Antheil nimmt an der Schwingung. Voraussichtlich complicirt sich dies noch mehr, wenn mehrere Massen in elastischer Verbindung sind und sich noch gleichzeitig um mehrere Axen drehen können, wie dies bei den Gehörknöchelchen wirklich der Fall sein dürfte[12]).

Am meisten interessirt uns ξ, indem dieses die Schwingungen der Labyrinthflüssigkeit darstellt. Die Amplitüde der Schwingung ξ ist Function der Strömungsperiode r; sie wird im Allgemeinen für verschiedene r verschieden sein. Kann man aber über die Werthe der Constanten $a_1 \alpha_1 b_1 \beta_1 \ldots$, welche in die Grössen $HJKLM$ eingehen, frei disponiren, so lässt sich vermöge dieser Werthe innerhalb gewisser Grenzen eine annähernde Gleichmässigkeit (nie eine vollständige) herstellen, wohl aber auch das gerade Gegentheil. Die Natur hat also in den genannten Constanten wieder eine Reihe von Mitteln, um annäherungsweise ein Ohr von jenen Eigenschaften herzustellen, wie es Seebeck voraussetzt. Sie kann aber auch das Gegentheil thun, sie kann einzelne Töne bedeutend gegen die übrigen hervorheben. Dies wollte ich beleuchten.

Ich hebe ausdrücklich hervor, dass durch die erwähnte Einrichtung je nach Umständen sowohl eine Gleichmässigkeit als eine Ungleichmässigkeit der Tonaufnahme bedingt sein kann. Denn ich glaube nicht, dass die Gleichmässigkeit in dem Grade erreicht sei, wie sie Seebeck vorauszusetzen scheint. Alle besprochenen Einrichtungen dürften vielmehr vorzugsweise dazu bestimmt sein, das Zurücktreten des Beharrungszustandes zu beschleunigen. Die Gründe meiner Ansicht sind folgende:

1. Wir dürfen nicht annehmen, dass die Gehörknöchelchen bei hohen und tiefen Tönen gleich lebhaft schwingen, weil wir

---

[12]) Lassen wir die Massen in feste Verbindung treten, indem wir den Elasticitäts-coefficienten ihrer Verbindung sehr gross setzen, d. h. fingiren wir eine Akylose zwischen Hammer und Amboss, so zeigt sich dies allsogleich in dem Gesetze der Tonaufnahme. Im Nenner von x und ξ erscheint dann für die Function vierten Grades von r blos eine Function zweiten Grades. Man sieht aus diesem Beispiele, dass eine mathematische Theorie auch für die Diagnose der Gehörkrankheiten wichtig werden kann.

belderlei Töne gleich gut hören. Wir haben durch Helmholtz [14]) erfahren, dass die in die Labyrinthflüssigkeit übertragenen Wellen daselbst von eigenthümlichen Gebilden, den Corti'schen Fasern, aufgenommen werden, und wir kennen diese Gebilde vorläufig zu wenig, um sagen zu können, dass die auf hohe Töne gestimmten Fasern die entsprechenden Schwingungen eben so leicht aufnehmen, wie die auf tiefe Töne abgestimmten. Würden aber auch alle Fasern gleich leicht in's Mitschwingen gerathen, so steht es erst in Frage, ob nicht die Höhe der Töne an sich einen Einfluss habe auf die Quantität der ausgelösten Nervenarbeit, also auf die Intensität der Empfindung. Die gleiche Empfindlichkeit für hohe und tiefe Töne kann also an sehr verschiedenen Punkten des Gehörorgans ihren Sitz haben, sie kann durch mannigfaltige Combinationen bedingt sein und liegt nicht nothwendig in den Gehörknöchelchen.

2. Die Gleichmässigkeit der Tonaufnahme ist möglicher Weise nur scheinbar. Würden die Bewegungen des Auges nicht so offen selbst für die oberflächlichste Beobachtung daliegen, so könnte selbst auf einer ziemlich hohen Stufe der Optik die Ansicht zur Geltung gelangen, man sehe nach allen Richtungen gleich gut, die Netzhaut sei an allen Stellen gleich empfindlich. Dass das Auge mit einem Accommodationsmechanismus ausgestattet sei, hat ja wirklich erst die Wissenschaft nachgewiesen. Dem gewöhnlichen Bewusstsein entgeht diese Thatsache ganz. Und lange figurirte sie schon als logisches Postulat, bevor das Experiment im Stande war, sie nachzuweisen. — Ähnlich dürfte es sich mit dem Ohre verhalten. Was sollte wohl der *tensor tympani* und der Stapedius für eine Function haben, wenn nicht die, das Ohr abwechselnd für verschiedene Töne empfindlicher zu machen, zu accommodiren, indem diese Muskel zwei unserer Constanten $a, a_1 b, \beta_1 \ldots$ in Variable verwandeln.

Wohl hat man bereits mannigfaltige Vermuthungen über die Function der Muskel des mittleren Ohres ausgesprochen.

---

[14]) Helmholtz, Tonempfindungen. S. 207. — Versammlung der Naturforscher in Karlsruhe. 1859. S. 157. — Pogg. Ann. 106. S. 290. Fechner, Psychophysik. II. S. 286.

Man betrachtete den *tensor tympani* bald als Dämpfer des Schalles, bald nahm man an, dass er durch seine Spannung das Ohr für die höheren Töne empfindlicher mache. Doch hat man, wie mir scheint, die Bedeutung der Muskel des mittleren Ohres nie genug gewürdigt [15]. Ich glaube, dass diese so wesentlich sind, wie für das Auge der Accommodationsmechanismus, dass dieselben beim aufmerksamen Hören fortwährend in Thätigkeit bleiben, dass man mittelst ihrer variirenden Spannung Töne so fixirt und verfolgt, wie mit dem Auge Raumpunkte und Bewegungen.

Diese Ansicht gewinnt eine bedeutende Wahrscheinlichkeit durch Rückblick auf unsere Betrachtungen. Es ist eine mathematische Unmöglichkeit, dass die Muskel durch ihre veränderliche Spannung etwas anderes leisten, als eine Verschiebung des Maximums der Mitschwingungsfähigkeit von einer Tonhöhe zur andern. Auch das Experiment lehrt, dass Reizung des *tensor tympani* die Excursionen der Knöchelchen verkleinert, für tiefere Töne nämlich, bei welchen man leicht beobachten kann. Eben so gewiss kann man aber sein, dass höhere Töne nun grössere Excursionen hervorbringen werden.

Nach Helmholtz [16] ist man im Stande, „durch blosse Leitung der Aufmerksamkeit, die einen Klang zusammensetzenden Partialtöne einzeln zu hören. Und wer weiss nicht, dass zum Hören einer Symphonie, zum Verständniss derselben, zur Verfolgung der einzelnen Stimmen ebenfalls Aufmerksamkeit gehöre. Es ist mehr als ein blosses Bild, wenn man sagt, man suche in den Tönen. Dieses Suchen ist sehr merklich eine körperliche Thätigkeit, wie das aufmerksame Sehen. Wollen wir nun, der Richtung unserer Physiologie entsprechend, unter Aufmerksamkeit nicht irgend ein mystisches Ding, sondern eine körperliche Disposition verstehen, so liegt es sehr nahe, sie wenigstens zum grössten Theile in der veränderlichen Spannung der Ohrmuskel zu suchen. So reducirt sich ja auch das, was

---

[15]) Man konnte sie wohl auch nicht würdigen. Die Theorie der Sinneswahrnehmung musste nothwendig beim Auge als dem der Beobachtung zugänglichsten Sinnesorgane beginnen. Nun aber kann uns die physiologische Optik als Muster für die Akustik dienen.

[16]) Helmholtz, Tonempfindungen. S. 74.

der gewöhnliche Mensch aufmerksames Sehen nennt, grossentheils auf Accommodation und Augenaxenstellung.. Wem die Accommodation fehlt, der kann noch so aufmerksam sehen wollen, er wird doch nicht sehen. Hätten wir nicht die körperliche Fähigkeit, aus einer Tongruppe einzelne Bestandtheile schärfer hervorzuheben, besser zu empfinden, alle übrige Aufmerksamkeit wäre fruchtlos. Es wird übrigens hiermit keineswegs behauptet, dass andere, der Betrachtung noch nicht zugängliche, tiefer liegende Umstände von keinem Einflusse seien.

Dem Gesagten zufolge scheint es mir sehr plausibel, dass ganz allgemein die Aufmerksamkeit im Mechanismus des Körpers ihren Grund habe. Wird Nervenarbeit in gewissen Bahnen ausgelöst, so werden derselben eben durch den Mechanismus andere Bahnen verschlossen. Und was für die sinnliche Empfindung gilt, dürfte auch für das Denken gelten. Das Denken kann aufgefasst werden als ein Wechsel der Aufmerksamkeit. — Einige körperliche Vorgänge schliessen also andere aus. In dem Masse, als die einen hervortreten, treten die andern zurück. Körperliche Vorgänge, Empfindungen drängen sich gegenseitig. Wir haben auf physiologischem Wege ein ähnliches die Empfindungen beherrschendes Gesetz gefunden, wie es für die Vorstellungen schon lange von Herbart [17]) ausgesprochen wurde. Es ist dies ein Princip der mathematischen Psychologie, das die Naturforscher stets mit Unrecht angegriffen, gewöhnlich gar nicht verstanden haben. Freilich bringt Herbart dieses Princip mit Schlüssen in Verbindung, die nicht nothwendig von Jedermann für bindend gehalten werden, während er anderseits doch selbst bemerkt, dass es auch als Thatsache der Beobachtung oder als Hypothese hingestellt werden könne.

Hängt die Aufmerksamkeit des Hörens wirklich mit der Spannung der Ohrmuskel zusammen, so ist die Bewegung der letzteren selbstverständlich willkürlich, allerdings innerhalb gewisser, durch den Reflexmechanismus bedingter Grenzen. Sie ist so willkürlich, wie die Bewegung der Augen und

---

[17]) Herbart, Psychologie als Wissenschaft.

die Accommodation, und man hat kaum zu zweifeln, dass schon das blosse lebhafte Vorstellen einer Melodie die Ohrmuskel in Thätigkeit versetzt. An sich ist dies nicht wunderbarer, als dass wir den Arm willkürlich bewegen können. Gelingt es, dies nachzuweisen, so ist dies ein neuer Beleg für den Fechner'schen [18]) Satz, dass alle geistige Thätigkeit psychophysisch fundirt sei.

Ich muss nun noch ein psychologisches Factum aufführen, welches für die genannte Function der Ohrmuskel spricht. Wir ordnen die Töne ihrer Höhe nach in eine Reihe. Wie gelangen wir dazu? Dies ist noch von gar keiner Seite aufgeklärt. Die Erklärung liegt aber, wie mir scheint, sehr nahe. Denn es gibt ganz analoge Erscheinungen in anderen Sinnesgebieten, welche bereits erklärt sind. Wir ordnen auch unsere Gesichtsempfindungen in Reihen, und zwar räumlich. Die Erklärung liegt in Lotze's [19]) Theorie der Localzeichen, welche von Wundt [19]) vervollkommnet und in seiner Fassung durch eine sehr schöne Reihe von Experimenten und Beobachtungen gestützt wurde. Wenn ich Wundt's [20]) Erklärung zur grösseren Klarheit und Kürze in andere Worte fassen darf, so gelangen wir zur räumlichen Wahrnehmung, indem wir in ein Register von scalenartig abgestuften Muskelgefühlen (Augenmuskel) die Gesichtsempfindungen einreihen. Eben so dürften wir zur Tonreihe gelangen, indem wir in ein Register von Muskelempfindungen (Ohrmuskel) die Tonempfindungen einreihen, indem sich die Tonhöhen mit jenen Spannungen associiren, welche zu ihrer deutlichsten Wahrnehmung nöthig sind. Der Unterschied zwischen der Tonreihe und räumlichen Wahrnehmung besteht darin, dass im ersten Falle die „Localzeichen" nothwendig an der Qualität der Empfindung haften, im zweiten nur zufällig [21]).

[18]) Fechner, Psychophysik. II.
[19]) Lotze, medicinische Psychologie.
[20]) Wundt, Beiträge zur Theorie der Sinneswahrnehmungen. Leipzig 1862.
[21]) Einigen Antheil an der Ordnung der Töne in einer Reihe könnte wohl die dichte Lagerung der Corti'schen Fasern haben, insofern immer mehrere Fasern zugleich gereizt würden. — Die Erklärung würde jedoch im Wesentlichen auf der ungenügenden Weber'schen Theorie der Empfindungskreise fussen. — Vergl. meine

Natürlich erschien es mir sehr wünschenswerth, das Vorgetragene auch durch Experimente zu bestätigen. Da über die physikalische Function der Ohrmuskel gar kein Zweifel sein kann, so habe ich nur zu beweisen, dass das Ohr auf verschiedene Töne gestimmt wird, wenn man verschiedene Töne mit Aufmerksamkeit fixirt. Darauf zielte auch eine Reihe manometrischer Versuche nach verschiedenen Methoden ab, welche ich in der Absicht anstellte, Veränderungen des Trommelfelles beim Fixiren verschiedener Töne nachzuweisen. Sie misslangen sämmtlich. Zugleich aber erwiesen sich alle angewandten Methoden als entschieden unbrauchbar, als zu unempfindlich. Ich bemerkte wohl zum Theil Bewegungen der Sperrflüssigkeit, selbst bei vollständiger Ruhe der Gaumenmusculatur, ohne dass es mir jedoch gelang, die Ursache dieser sehr unregelmässigen Bewegungen nachzuweisen. Auch das vollständige Füllen des Gehörganges mit Wasser erwies sich als fruchtlos. So viel scheint mir jedoch aus den Versuchen dennoch hervorzugehen, dass die Spannung des Trommelfelles doch nur eine ganz untergeordnete Rolle spielt.

Gegenwärtig habe ich eine andere Methode eingeschlagen, von welcher ich mir mehr Erfolg verspreche. Das Ohr ist zum Hören da. Wenn also Veränderungen am Ohr zum Zwecke des Hörens vorkommen, so werden sich dieselben auch wieder auf akustischem Wege am leichtesten entdecken lassen. Ich prüfe also die Resonanz des Ohres für verschiedene Töne, wenn ich verschiedene andere Töne fixire. Doch dürften die Versuche längere Zeit noch in Anspruch nehmen.

Aus unserer Betrachtung hat sich ergeben, dass die allgemeine rein theoretische Betrachtung des Gehörorgans auch meist nur ganz allgemeine Folgerungen zulässt. Mehr will die Theorie nicht sagen, ausser gegen Vorweisung specieller Werthe der Erfahrungsconstanten. Die Theorie führt also consequent zum Experiment.

<hr>

Vorträge über Psychophysik. Österr. Zeitschrift für praktische Heilkunde IX. Jahrg. Nr. 9—20. — Nicht ohne Einfluss auf die Bildung der Tonreihe ist die Empfindung der Spannung der Stimmbänder beim Singen einer Scala. Doch ist dies allein zur Erklärung nicht ausreichend.

Das Ohr muss Stück für Stück experimentell geprüft werden. Unerlässlich wird es hierbei sein, die Experimente an anatomischen Präparaten durch solche an willkürlich construirten physikalischen Instrumenten zu unterstützen. Das letztere gedenke ich demnächst in ähnlicher Weise zu thun, wie ich es für die Theorie des Kymographions ausgeführt habe. Was aber erstere Arbeit betrifft, hat Herr Dr. Politzer versprochen, dieselbe in Gemeinschaft mit mir durchzuführen. Wir haben zunächst vor, nach genauen geodätischen Methoden die Bewegungen am Gehörorgane zu untersuchen, welche bei Aufnahme verschiedener Töne auftreten.